ENE Y LAS CAJAS MAGICAS

MAGIC BOXES

Laura P. Schaposnik

Ilustrado por Cecilia La Rosa

Para Niko y Alex.

This edition first published in 2021 by Schapos Publishing,
Chicago - USA.
schapospublishing.com

Edited by Laura P. Schaposnik.
Typesetting in Canterbury.

ISBN paperback: 978-1-7370584-5-8

Library of Congress Control Number: 2021940987

The illustrations were made by Cecilia La Rosa with Procreate & Photoshop.

ENE y LAS CAJAS MAGICAS

ENE AND THE MAGIC BOXES

Laura P. Schaposnik

Illustrated by Cecilia La Rosa

Ene es un ratoncito muy curioso,
que vive en una casa de techo añoso.
Le encanta cajas mágicas explorar,
y hermosos mundos nuevos encontrar.

Ene is a little mouse,
who lives in a tumbledown house.
Magic boxes Ene loves to discover,
and exciting worlds to uncover.

Una mañana lluviosa
todos música querían escuchar.
Entonces Ene tuvo una idea:
un xilófono se podría diseñar.

One morning Ene's friends wanted music,
but instruments no one could find,
So Ene had an idea:
a xylophone could be designed.

Para construir el instrumento,
una caja mediana Ene encontró.
Con cuidado metió la cabeza...
¡Oh, qué mundo lindo descubrió!

To find parts for this instrument
that could make a beautiful sound,
Ene ventured into the boxes:
what amazing sights were found!

Un taller de artista apareció,
de un tamaño inaudito,
y con las pinturas que servirían,
para pintar un xilófono chiquito.

An artist's workshop appeared,
of unimaginable size.
Full of paints that could be used,
to color the instrument's sides.

Ya teniendo los colores,
se preguntó qué pintar,
Y pues entonces otra caja
Ene eligió para explorar.

Having found beautiful colors,
Ene needed something more.
And so to find new objects,
another box had to be explored.

En una caja chiquitita,
con olor a galletita,
Cuando la cabeza Ene metió,
¡Una cocina de chef descubrió!

Ene found a tiny box,
where a wonderful smell came from.
Peeking inside Ene discovered
a kitchen with the oven on!

Cucharitas se llevó Ene,
para hacer sonidos variados.
Pero... ¿Dónde podrá poner,
esas cucharitas de colores pintados?

Ene took teaspoons from the kitchen,
each of which made a different sound.
After painting them with bright colors,
only a frame was left to be found.

En una caja nueva Ene descubrió
el taller de carpinteros ordenados,
lleno de juguetes grandes y pequeños
que recién habían sido inventados.

Ene ventured into a new box,
which beautifully presented
a carpenter's workshop full of toys
that had just been invented.

Ene had finally found all the pieces
to be able to play a beautiful tune:
The other mice were quickly called
to begin the party very soon.

Finalmente juntó Ene todas las piezas
para construir el buscado instrumento.
Ansioso por mostrar la música que tocaría,
llamó a sus amigos en aquel momento.

El xilófono Ene terminó de armar,
poniendo cucharitas sobre maderitas.
Tan linda música pudieron tocar,
que bailaron felices hasta la mañanita.

fin

All the mice of the attic
came to dance to Ene's song:
everyone was so happy,
that they danced all night long.

En el estudio de artista Ene encontró...

In the artist's workshop Ene found....

Unos lápices

Some pencils

Dos lapiceras

Two pens

Unas gomas de borrar

Some erasers

Un espejo

A mirror

Unos cuadernos de bocetos

Some sketchbooks

Unas acuarelas

Some watercolors

Un lienzo

A canvas

Dos óleos

Two oil paints

Un caballete

An easel

Unos pinceles

Some brushes

Unas esculturas

Some sculptures

Una paleta de pintura

A pallet

Unos marcos y cuadros

Some frames and paintings

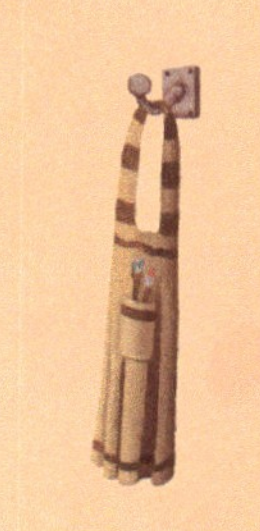

Un delantal de pintor

A painter's overall

Un manequí de artista

An artist's manikin

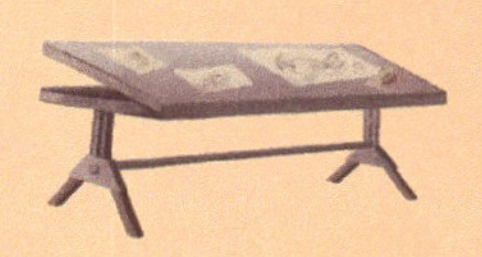

Una mesa de bocetos

A drafting table

Unos frascos con aguas de colores

Some jars with used water

Un tiento de pintor

A mahl stick

En la cocina de un chef Ene encontró...

In the chef's kitchen Ene found...

Unos cuchillos

Some knives

Un afilador de cuchillo

A knife sharpener

Una tabla para cortar

A cutting board

Dos sartenes

Two pans

Una olla de hierro

A dutch oven

Una olla

A pot

Una licuadora

A blender

Un sombrero de cocinero

A chef's hat

Unas hornallas

A stove

Un horno

An oven

Unas cucharas de madera

Some wooden spoons

Un guante de horno

An oven glove

Un batidor

A whisk

Un pelador y rallador

A peeler and grater

Una máquina de expresso

An expresso machine

Unos platos

Some plates

Unos bowls

Some bowls

Una máquina de pastelero

A stand mixer

En el taller de un carpintero Ene encontró...

In the carpenter's workshop Ene found...

Una silla
A chair

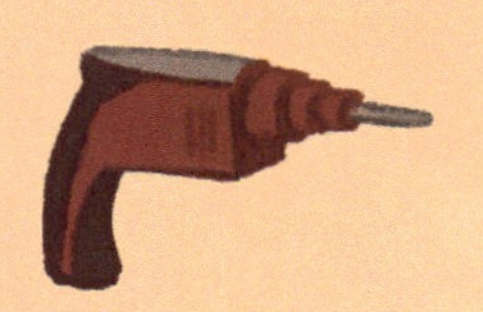

Un taladro
A drill

Una garlopa
A carpenter plane

Un gramil
A marking gauge

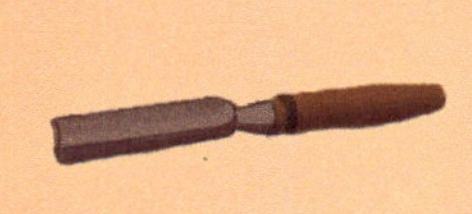

Una gubia
A gouge

Dos maderitas
Two pieces of wood

Dos escuadras
Two carpenter's squares

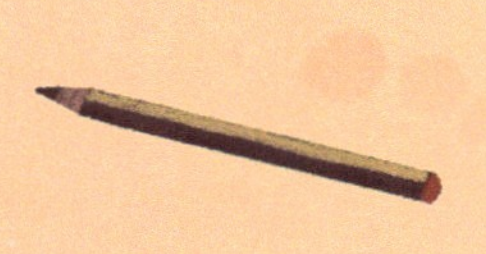

Un lápiz
A pencil

Dos tornillos
Two screws

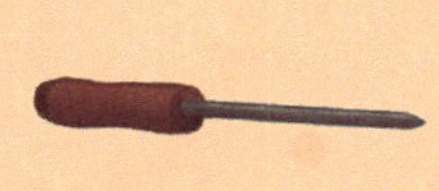

Un destornillador
A screwdriver

Un serrucho
A saw

Un mazo
A mallet

Una tuerca
A nut

Una cinta métrica
A tape measure

Un martillo
A hammer

Un banco de carpintero
A workbench

Un tornillo de banco
A vice

Una regla
A ruler

ACERCA DE LA AUTORA.

Laura P. Schaposnik vive en Chicago con su esposo James Unwin y sus dos hijos, Nikolay y Alexander. Laura nació y creció en La Plata, Argentina, donde se recibió de Licenciada en Matemática. En el 2008 se mudo a Inglaterra, donde recibió un doctorado en Matemática de la Universidad de Oxford. Luego de realizar dos estadías postdoctorales en Heidelberg, Alemania, y en la Universidad de Illinois en Urbana Champaign, Laura se instaló en Chicago donde actualmente trabaja como Profesora Asociada en la Universidad de Illinois en Chicago. Inspirada por las sonrisas de sus hijos al escuchar las historias mágicas de un ratoncito Ene que les contaba, se decidió en el 2021 a comenzar una serie de libros infantiles para enseñar a los pequeños lectores sobre matemática, ciencias, lenguaje y mucho más.

ABOUT THE AUTHOR.

Laura P. Schaposnik lives in Chicago, USA, with her husband James Unwin and her two sons, Nikolay and Alexander. Laura grew up in La Plata, Argentina, and completed her undergraduate studies in mathematics in her home city. She them moved to England where she was awarded a DPhil at the University of Oxford. After post-doctoral positions at the University of Heidelberg, Germany, and the University of Illinois at Urbana Champign, she settled in Chicago where she currently is an Associate Professor in Mathematics at the University of Illinois at Chicago. Inspired by the smile of her children when being told magic stories she decided to begin a series of books to teach young children about mathemaics, science, and language through the eyes of a little mouse called Ene.

ACERCA DE LA ILUSTRADORA.

Cecilia La Rosa nació en España, y reside en Argentina desde hace diez años. Entre saltos de ciudades y países, de vocaciones y profesiones, apareció como por casualidad frente a unos talleres de dibujo, ya a sus casi 18 años, y desde ahí comenzó su increíble viaje por el mundo de la ilustración. Estudió en la Universidad Nacional de Artes, en Buenos Aires, pero finalmente decidió dar un giro y estudiar cine de animación y concept art en el IDAC, de donde se recibió en el 2019. Estudió también ilustración de forma independiente, y trabajó tanto en estudios creativos como por cuenta propia. Actualmente trabaja como ilustradora freelance para diferentes editoriales y autores de todo el mundo, y se especializa en el área infantil y juvenil, siendo los libros lo que más disfruta de ilustrar.

ABOUT THE ILLUSTRATOR.

Cecilia la Rosa was born in Spain, and has lived in Argentina for ten years. Between traveling cities and countries, vocations and professions, she appeared as if by chance in front of some drawing workshops, when she was almost 18 years old, and from there she began her incredible journey through the world of illustration. She studied at the National University of Arts, in Buenos Aires, but finally decided to take a turn and study animation film and concept art, and graduated in 2019 from IDAC. She also studied illustration with professionals such as Guridi, Rocío Alejandro, Mónica Weiss, Anita Morra, and she worked both in creative studios and on her own. She currently works as a freelance illustrator for different publishers and authors, and specializes in children and Young adult's books.

CPSIA information can be obtained
at www.ICGtesting.com
Printed in the USA
BVHW020505250821
615140BV00002B/35

* 9 7 8 1 7 3 7 0 5 8 4 5 8 *